CAPITAINE STATIC

L'ÉTRANGE MISS FLISSY

Des mêmes créateurs

SÉRIE CAPITAINE STATIC

Capitaine Static 4 – Le Maître des Zions, bande dessinée, Québec Amérique, 2010.

- **Finaliste au prix Tamarack 2012**

Capitaine Static 3 – L'étrange Miss Flissy, bande dessinée, 2009.

- **Finaliste au prix Joe Schuster (Canada) 2010**
- **3e position au Palmarès Communication Jeunesse 2010-2011**

Capitaine Static 2 – L'imposteur, bande dessinée, 2008.

- **Finaliste au prix Bédélys Jeunesse 2009**
- **4e position au palmarès Communication-Jeunesse (5-8 ans), 2010**

Capitaine Static 1, bande dessinée, 2007.

- **Lauréat du prix Hackmatack, Le choix des jeunes, 2009**
- **Prix du livre Distinction Tamarack 2009**
- **2e position au palmarès Communication-Jeunesse (5-8 ans), 2009**
- **Finaliste au prix Bédélys Jeunesse 2008**
- **Finaliste au prix Réal-Fillion du Festival de la bande dessinée francophone de Québec 2008**
- **Finaliste au prix Bédélys Causa 2008**
- **Finaliste au prix du livre jeunesse de la Ville de Montréal 2008**

Du même auteur

Le Chat de garde, roman, 2010.
Récompense promise : un million de dollars, roman, 2008.

Alain M. Bergeron et Sampar

CAPITAINE STATIC

L'ÉTRANGE MISS FLISSY

Québec Amérique

Catalogage avant publication de Bibliothèque et Archives nationales du Québec et Bibliothèque et Archives Canada

Bergeron, Alain M.
Capitaine Static. 3, L'étrange Miss Flissy
Bandes dessinées.
Pour les jeunes.
ISBN 978-2-7644-0706-6
I. Sampar. II. Titre. III. Titre : Étrange Miss Flissy.
PN6734.C353B472 2009 j741.5'971 C2009-940621-7

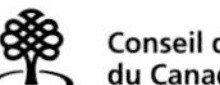

Conseil des Arts du Canada | Canada Council for the Arts

SODEC Québec

Nous reconnaissons l'aide financière du gouvernement du Canada par l'entremise du Fonds du livre du Canada pour nos activités d'édition.

Gouvernement du Québec – Programme de crédit d'impôt pour l'édition de livres – Gestion SODEC.

Les Éditions Québec Amérique bénéficient du programme de subvention globale du Conseil des Arts du Canada. Elles tiennent également à remercier la SODEC pour son appui financier.

Québec Amérique
329, rue de la Commune Ouest, 3e étage
Montréal (Québec) H2Y 2E1
Téléphone : 514 499-3000, télécopieur : 514 499-3010

Dépôt légal : 3e trimestre 2009
Bibliothèque nationale du Québec
Bibliothèque nationale du Canada

Projet dirigé par Marie-Josée Lacharité
Révision linguistique : Stéphane Batigne
Direction artistique : Karine Raymond
Adaptation de la grille graphique : Célia Provencher-Galarneau
Réimpression : novembre 2011

Imprimé en Chine.
10 9 8 7 6 5 4 3 2 1 16 15 14 13 12

À la mémoire du fantas… TIC ! Peyo

AVERTISSEMENT

Qui s'y frotte, s'y *TIC !*
Telle est la devise du Capitaine Static.

Chapitre 1

Savez-vous ce que c'est, de vous regarder dans le miroir et de vous trouver unique comme moi?

Non, évidemment…

Car il n'y a qu'un seul super-héros, un seul Capitaine Static.

Un seul? Même votre fantastique super-héros peut parfois se tromper…

Avec Pénélope, la plus belle fille de mon école, et son jeune frère, Fred, nous nous rendons d'un pas rapide au centre sportif. Mon amie s'y entraîne au patinage artistique. Je transporte ses patins dans mon sac à dos. Car je ne suis pas seulement unique, je suis aussi galant. J'y ai également rangé mon uniforme du Capitaine Static. Au cas où le devoir m'appellerait...

L'entraîneur déteste ça quand une patineuse est en retard.

Désolé. C'est ma faute.

Je suis resté trop longtemps dans la salle de bain... à demander au miroir à quel âge je commencerais à me raser.

Nous passons près des grandes vitrines de la bibliothèque Lucille-Desparois. Un mouvement à l'intérieur attire mon attention. Des livres, sans raison apparente, tombent des étagères. Pourtant, les lieux sont fermés pour la soirée.

Mon intuition de super-héros me commande de m'arrêter et d'aller voir de plus près. J'en oublie Pénélope, déjà stressée.

J'aperçois entre les rayons d'une étagère la cause de l'incident : Gros Joe et sa bande, entrés par effraction, vandalisent la bibliothèque. Mon sang ne fait qu'un tour.

Il ne me faut que quelques secondes pour me transformer sur place en Capitaine Static, cape au cou et pantoufles aux pieds.

Je repère l'endroit par où les mécréants se sont faufilés, une petite fenêtre brisée au sous-sol. J'y pénètre sans peine, étonné que Gros Joe ait réussi à passer par là. Une fois à l'intérieur, je n'ai qu'à me laisser guider par leurs cris et par le bruit des livres projetés un peu partout.

Je suis furieux de voir ces garçons aussi peu respectueux des livres. Ils pourraient agir ainsi avec ma future biographie officielle!

Pour affronter ces ennemis des livres, je dois me charger. Je me frotte les pieds sur l'épais tapis et je sens un picotement familier m'envahir. Tous ces «Tic! Tic! Tic! Tic!» sont autant de signes qui me permettent de détecter l'électricité statique en moi. Et cet étonnant pouvoir, que j'ai découvert un soir mémorable d'Halloween, m'a donné mon nom de héros : le Capitaine Static!

TIC
TIC TIC

Me voici prêt à entrer en scène.

Je bondis de derrière l'étagère consacrée aux documentaires sur l'énergie.
Arrêtez!
Mon cri et mon apparition figent Gros Joe et sa bande. Curieusement, ils affichent un mince sourire. M'attendaient-ils?

J'adore cette réplique. Il faudrait la placer en évidence, un jour, dans un musée voué à ma vie et à mes exploits. Ou, mieux, en guise d'avertissement, au début de chacune de mes aventures quand elles seront publiées en livres!

Alors que je m'apprête à leur administrer une raclée statique, un parfum enivrant, que je ne peux identifier, excite mes cellules olfactives. En clair, ça sent bon en Tic Tic!

Un tourbillon aux spirales pourpres et blanches surgit dans la pièce et atterrit près de moi. Le spectacle cloue tout le monde sur place.

Ami ou ennemi? C'est selon le point de vue de chacun. Je ne vais pas tarder à le savoir…

C'est une fille!

Wow! Amie, j'espère!

Sales gamins !

CLAC

CLAC

CLAC

CLAC

Déguerpissez!

Ce n'est pas juste! Vous êtes deux contre nous quatre!

Il aurait fallu les remettre à la police, les obliger à nettoyer, les...

Ce parfum c'est...
Orchidée sauvage et baiser de vanille.

Les battements de mon cœur s'accélèrent, les paumes de mes mains deviennent moites ; je perds mes moyens.

Vous êtes le fantastique Capitaine Static?
Ou... Oui! Je suis le statique Capitaine Fantastique...

Je suis Miss Flissy.
Re-Wow...

Chapitre 2

Miss Flissy… Quel nom exotique et envoûtant, comme son parfum, qui a pourtant un je-ne-sais-quoi de familier.

« Orchidée sauvage et baiser de vanille », m'a-t-elle répété avant de disparaître.

Il y a quelque chose de terriblement séduisant dans ce *baiser de vanille*. Surtout prononcé par elle…

Je range mon costume de Capitaine Static dans mon sac à dos pour redevenir Charles Simard. Je me dirige vers le centre sportif, espérant ne pas arriver trop tard à l'entraînement de Pénélope.

Miss Flissy… Son parfum embaume mon air…

Je jette un coup d'œil à mon poignet gauche tandis que je pénètre dans l'aréna. Miss Flissy y a attaché l'une de ses bandelettes, celle de couleur pourpre.

Je réalise que je ne serai plus seul en tant que super-héros. Il n'y a qu'elle qui puisse comprendre ce que c'est d'être unique… comme moi !

La séance d'entraînement est terminée. J'ai tout raté!

Et ce parfum?
Ah oui... le parfum! C'est orchidée sauvage et... euh... baiser de vanille.
Je n'ai pas compris... Rosier de vanille?
Il a dit : «baiser de vanille».

C'est curieux. L'odeur et le nom me rappellent quelque chose.

Pénélope fouille dans sa mémoire. Fred, à qui rien n'échappe, remarque le bracelet de l'amitié que j'essaie de dissimuler sous la manche de mon manteau.

Ça fait partie de ton costume, ça, Capitaine Static?

Je feins l'indifférence. Si je suis un véritable super-héros, je reste un épouvantable comédien.
Ah, ça? C'est un... un...

Je ne suis pas meilleur en orthographe qu'en comédie. Que voulez-vous, un héros a bien droit à quelques menus défauts, non? Donnez-moi une chance!

Tu devrais te méfier, Charles...

SNIiiiiF

Jalouse!

Chapitre 3

J'ai très mal dormi la nuit dernière. Pas du genre de sommeil réparateur qui recharge les batteries. En fait, je suis à plat! Même ma sœur, qui, en temps normal, dort dans son bol de céréales au déjeuner, semble plus en forme que moi. C'est tout dire!

J'engloutis mon croissant aux pommes et je quitte la table. Je dois vraiment me réveiller, car une tâche plus que pénible m'attend...

Parfois, les super-héros doivent piler sur leur orgueil. J'ai mis des verres fumés, ce qui me rend méconnaissable. Eh oui, je ramasse les feuilles sur le terrain de madame Ruel.

À mes débuts de super-héros, j'apprivoisais mes pouvoirs et j'ai croisé son chat, Newton III. Madame Ruel le montre dans des expositions félines. Est-ce ma faute si son minou se sauve de la maison dès qu'il en a la possibilité? Il a eu le malheur de me croiser et j'ai eu le malheur de le caresser. Son poil s'est hérissé à mon contact et vous devinez la suite. Or, sa maîtresse venait de débourser 500$ pour une séance de toilettage en vue d'un grand événement le lendemain. Puisque je n'avais pas l'argent pour la dédommager des inconvénients statiques, il m'a fallu proposer autre chose: le gazon à couper l'été, les feuilles à ramasser l'automne, la cour à pelleter l'hiver…

Aujourd'hui, Madame Ruel doit s'absenter de chez elle. Son adoré Newton III ne répond pas à ses appels. Elle est très inquiète et arpente le quartier à sa recherche. J'en profite pour souffler un peu.

Tout à coup, un aboiement féroce monte au loin. Je le reconnais ! C'est celui de Dawnie, un terrible danois aussi haut sur pattes qu'un poney. Il doit pourchasser le pauvre facteur du quartier. Comme Gros Joe, c'est une menace ambulante et un véritable danger public.

Dawnie ! Quel nom ridicule pour un chien de si mauvais poil !

Il me faut réagir à l'instant. Je ne veux pas finir en pâté pour chien ! Une dose de bon sens statique devrait ralentir les ardeurs de ce monstre.

Inutile! Je n'arrive pas à me charger!
Je pourrais me débarrasser du chat et fuir de l'autre côté, mais le chien n'en ferait qu'une bouchée.

Je sens tout à coup un doux parfum... Et ce n'est pas Newton III.

CLAC

Kaï! Kaï! Kaï! Kaï!

Merci!
Miss Flissy est ici...

Une bourrasque de vent agite ses cheveux et transporte un parfum d'orchidée sauvage et baiser de vanille. De nouveau, je suis sous le charme. Pas Newton III.

Eh là! Doucement. Elle nous a sauvé la vie, mon vieux!

Alors, c'est
la panne?

Le mot est bien choisi.
Je ne comprends pas. Pas de chaleur, pas d'étincelle, pas le moindre picotement...

Tu es incapable de te charger d'électricité statique?
Exactement! Aurais-je perdu mon pouvoir?

Peut-être... Mais tu n'as pas perdu mon amitié.

Les feuilles ne sont pas toutes ramassées?
Je ne te paie pas, jeune homme, pour discuter avec des filles déguisées pour l'Halloween.
Vous ne me payez pas!

Pouah! Ça pue l'assouplissant, ici!

?
Je dois vous quitter...

Une vraie
toupie, celle-là !

Tu es revenu,
mon trésor !

Où t'étais-tu caché,
vilain chaaaaaaaaah !

Il devait participer à
un concours de beauté
cet après-midi...

Décidément, ce n'est
pas ma journée.
Tu sais ce que
ça m'a coûté,
Charles Simard ?

Oui. Je calcule que mes
travaux se prolongeront
jusqu'à l'année prochaine.

Chapitre 4

Ma fantastique histoire se terminera-t-elle à ma troisième aventure ? Ma panne de courant statique est-elle temporaire ou permanente ? Il est trop tôt pour écrire le mot FIN à mes récits !

Préoccupé, je veux me divertir en me rendant au centre sportif pour voir patiner Pénélope. Ce sera une surprise pour elle et pour Fred, auprès de qui je m'assois dans les gradins.

Au centre de la glace, je reconnais la silhouette d'Angélikou Demontigny, avec qui j'ai déjà eu maille à partir. Je ne suis nullement étonné de voir au bord de la patinoire son admirateur numéro un, Gros Joe, qui l'encourage bruyamment.

Vas-y, Angélikoukou !

J'ai dû la déconcentrer parce qu'elle rate totalement son saut !

POUF

Son orgueil, davantage que son popotin, est blessé. Je préfère observer Pénélope.

La scène a évoqué chez moi une impression de déjà-vu…

C'est à ce moment-là que j'ai su ! Dans ma tête, les séquences du saut de Pénélope se confondaient avec celles de… Miss Flissy !

Voilà pourquoi les deux ne se trouvaient jamais en même temps au même endroit. Voilà pourquoi Pénélope feignait la jalousie à l'égard de Miss Flissy. Pour ne pas éveiller les soupçons.

Si mes jours à titre de super-héros ne sont plus que des souvenirs, je pourrai toujours me recycler en super-détective. Parce que la conclusion est évidente : Pénélope et Miss Flissy sont une seule et même personne !

Chapitre 5

La séance d'entraînement terminée, je raccompagne Pénélope et son frère chez eux. Pour gagner du temps, mon amie veut emprunter une ruelle.

Pour me donner de la confiance, je revêts mon costume en deux secondes. Dans les circonstances, c'est davantage un bluff qu'une vraie protection.

Là, elle pousse son jeu un peu trop loin. Elle est si convaincante dans son rôle de celle-qui-fait-semblant-de-tout-ignorer que je décide de la confronter.

Au même moment, le bruit d'un couvercle de poubelle qui s'écrase sur l'asphalte nous fait sursauter. L'allée est plutôt sombre, mais pas assez pour ne pas reconnaître le chat Newton III qui court vers nous. Aussitôt qu'il me voit, il s'élance dans mes bras.

Qu'est-ce que tu fais là, toi, chat de ruelle?
C'est exactement ce que j'allais te demander!

Grrrr

Je redoute cette confrontation dans mon état actuel. Au moins, nos ennemis, eux, ne connaissent pas ma situation.

Et Fred non plus…

Ôtez-vous de là ! Ou vous allez goûter à la médecine statique !

Ce n'est pas une bonne idée.

Pénélope s'étonne de ma réponse. Agacé, je mets cartes sur table.

Tu sais bien que j'ai perdu mes pouvoirs. Je ne suis plus capable de me charger. Il te faudra prendre la relève… Miss Flissy !
Qu… Quoi ? Moi ? Miss Flissy ? C'est ridicule ! Comment peux-tu penser une chose semblable ?

Je suis sur le point de lui expliquer toutes mes déductions de super-détective quand je découvre mon erreur.

Miss Flissy, la vraie, surgit de nulle part.

Miss Flissy est ici...

Ça sent tellement fort !
On se croirait dans une salle de lavage.

Tu débarques à temps. Sinon, on allait passer un mauvais quart d'heure.

Miss Flissy s'avance sans hésiter vers Gros Joe et sa bande. Elle va sauter, tournoyer entre ciel et terre telle une toupie et les foudroyer, nous laissant la voie libre. Lui ai-je dit que j'adorais le CLAC! que produisent ses bandelettes sur son costume? Avec le retour de mes Tic! nous ferions toute une équipe : Tic! CLAC! Tic! CLAC!

Quel imbécile je suis...

Le danois Dawnie
appartient à...
Miss Flissy!

J'en suis muet d'étonnement. Imaginez : moi, le Capitaine Static, sous le choc!
Il n'y a qu'une seule fille dans cette ville qui peut tourner aussi vite sur elle-même...
Et c'est...

On leur donne une leçon, Angélikoukou ?

Chapitre 6

Angélikou Demontigny s'énerve. Elle déteste lorsque Gros Joe la surnomme de cette façon.

Elle me hait depuis que je l'ai humiliée publiquement. Elle s'est acoquinée avec Gros Joe et sa bande pour terrasser le Capitaine Static.

Angélikou Demontigny et Miss Flissy... J'ai été berné par le parfum. Orchidée sauvage et baiser de vanille... Madame Ruel et Pénélope avaient raison.

Les bandes dont elle orne son costume contiennent de l'assouplissant.
Oui. C'est très utile pour éliminer l'électricité statique.

Ha ! Ha ! Ha !

C'est plus pénible en patins, Angélikoukou ?

Non, mon naïf statique : je t'avais vu dans les gradins et je ne voulais pas te révéler mon autre identité, du moins pas tout de suite...

Elle l'a fait exprès. Elle ne rate aucun saut.
On ne peut pas en dire autant de toi, Péné chérie.

C'est donc ça, ta Miss Assouplissante? Il n'y a pas de quoi se rincer l'œil!

C'est un cadeau de ta Miss Flissy, ça, non?
Oui, un cadeau empoisonné. Et ce n'est pas MA Miss Flissy!

Les pièces du casse-tête se placent dans mon esprit. L'attaque à la bibliothèque avec Gros Joe n'était qu'une mise en scène. J'ai perdu mes pouvoirs dès qu'elle a attaché cette bandelette autour de mon poignet. Son bracelet absorbe toute l'électricité statique dont je veux me charger. Il me prive de l'essence de mon pouvoir. Comme la kryptonite pour Superman…

Je dois l'arracher! Mais il est si serré que je peux à peine insérer un doigt entre la peau et le bracelet. Je tire et je tire, mais il résiste.

CLAC

Newton III, démontrant une souplesse extraordinaire, ou son instinct de survie, s'est dégagé de l'étreinte du molosse pour lui griffer le museau.

Malgré la douleur qu'il m'inflige, le chat m'inspire une idée. Discrètement, je saisis le bout d'une de ses pattes pour en faire saillir une griffe et je tranche mon bracelet. Libre!

TIC
TIC
TIC
TIC
TIC
TIC
Oui! Toute l'électricité statique autrefois neutralisée par le bracelet revient en moi en quelques secondes. Je redeviens le vrai Capitaine Static! Chargé à bloc!
TIC
TIC
TIC
Juste à temps...
Je serai celle qui aura débarrassé la ville de la nuisance statique! À l'attaaaaaaaaaaaaque!

Je vous avais prévenus, Miss Flissy et ses Flissynettes !

Finalement, il n'y a bien qu'un seul super-héros dans cette ville.

Et le courant passe bien de nouveau entre Pénélope et moi...

As-tu lu les autres titres
de la série *Capitaine Static*?

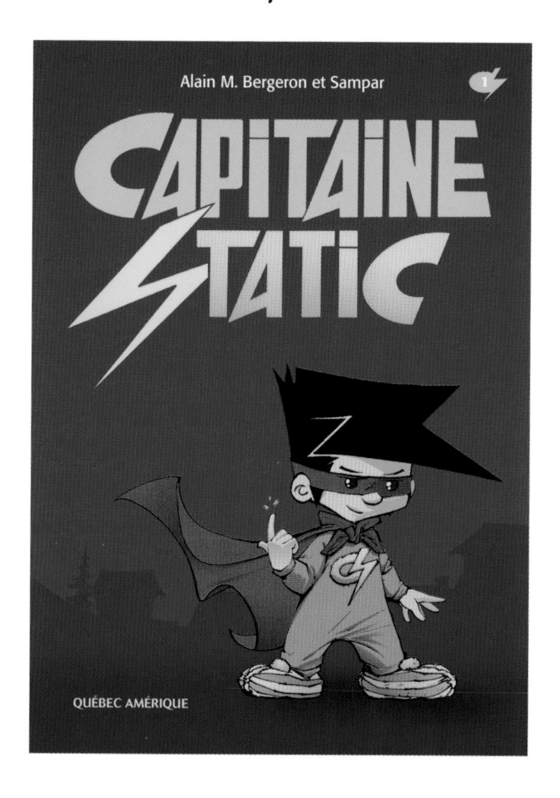

Capitaine Static 1

Charles découvre qu'il a un pouvoir… électrisant! Réussira-t-il à affronter les méchants garnements de son école?

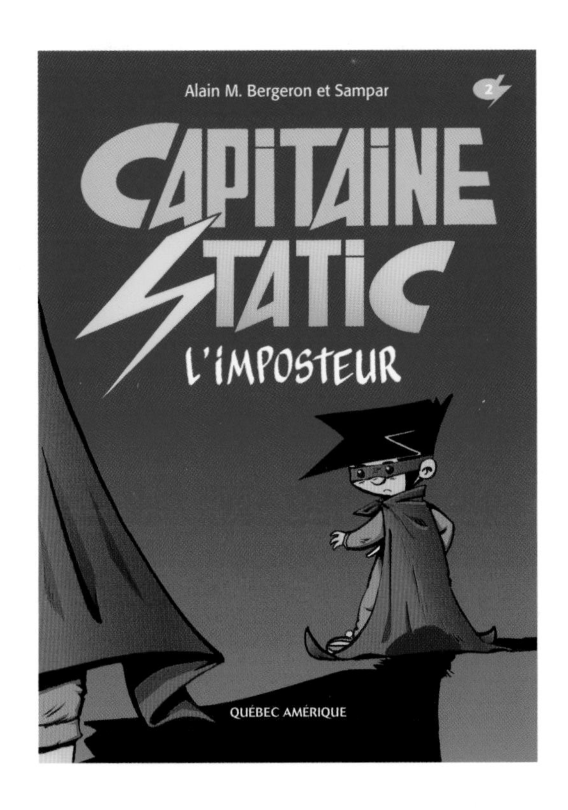

Capitaine Static 2 - L'imposteur

Qui ose chausser les pantoufles de notre justicier adoré ? Le seul et unique Capitaine Static doit absolument confondre ce vilain imposteur. Il y a de l'électricité dans l'air !

Capitaine Static 4 - Le Maître des Zions

Le Capitaine Static, un tricheur ? Mais quelle mouche a piqué Van de Graaf, le petit génie de l'école ? L'héroïque Capitaine Static aurait-il fait son dernier *TIC* ?

Photo: © Martine Doyon

Alain M. Bergeron

Lorsque Alain M. Bergeron a décidé d'écrire des histoires pour les jeunes, il s'est fixé quelques buts. Pour commencer, il espérait avoir autant de livres que son âge. À 47 ans, il avait 47 livres publiés. Ensuite, il voulait compter autant de livres que son poids en kilos. Il a réussi en 2005 : 60 kilos, 60 livres. Il a atteint en 2007 l'objectif d'avoir autant de publications que l'âge de sa mère : 83 ans, 83 livres. L'année suivante, il franchissait le cap des 100 livres. Depuis, l'auteur est parvenu à rejoindre son poids en livres, soit 154, en 2011… Avec la série *Capitaine Static*, Alain M. Bergeron et son acolyte, l'illustrateur Sampar, réalisent un rêve d'enfance : créer leur propre bande dessinée.

Photo: © Martine Doyon

Sampar

Illustrateur complice d'Alain M. Bergeron, Sampar – alias Samuel Parent – est celui qui a donné au *Capitaine Static* sa frimousse sympathique. Dès la sortie du premier album, cette bande dessinée originale a obtenu un succès éclatant, tant auprès du jeune public que des professionnels de la BD. Les illustrations humoristiques du petit héros attachant et de sa bande y sont certainement pour quelque chose…